ALFAGUARA
CLÁSICOS

Agu Trot

Título original: *Esio Trot*

Primera edición: febrero de 2016

D. R. © 1964, Roald Dahl Nominee Ltd.
http://www.roalddahl.com

Edición original en castellano: Santillana Infantil y Juvenil S. L.
D. R. © 2016, derechos de edición mundiales en lengua castellana:
Penguin Random House Grupo Editorial, S. A. de C. V.
Blvd. Miguel de Cervantes Saavedra núm. 301, 1er piso,
colonia Granada, delegación Miguel Hidalgo, C. P. 11520,
México, D. F.

www.megustaleer.com.mx

D. R. © 1991, Miguel Sáenz de Ilúrdoz, por la traducción
D. R. © 1990, Quentin Blake, por las ilustraciones
Penguin Random House Grupo Editorial apoya la protección del *copyright*.
El *copyright* estimula la creatividad, defiende la diversidad en el ámbito de las ideas y el conocimiento,
promueve la libre expresión y favorece una cultura viva. Gracias por comprar una edición autorizada
de este libro y por respetar las leyes del Derecho de Autor y *copyright*. Al hacerlo está respaldando a los autores
y permitiendo que PRHGE continúe publicando libros para todos los lectores.

Queda prohibido bajo las sanciones establecidas por las leyes escanear, reproducir total o parcialmente esta
obra por cualquier medio o procedimiento así como la distribución de ejemplares
mediante alquiler o préstamo público sin previa autorización.
Si necesita fotocopiar o escanear algún fragmento de esta obra diríjase a CemPro
(Centro Mexicano de Protección y Fomento de los Derechos de Autor, http://www.cempro.org.mx).

ISBN: 978-607-314-047-8

Impreso en México – *Printed in Mexico*

Impreso en Litográfica Ingramex, S.A. de C.V.

El papel utilizado para la impresión de este libro ha sido fabricado a partir de madera procedente
de bosques y plantaciones gestionadas con los más altos estándares ambientales, garantizando
una explotación de los recursos sostenible con el medio ambiente y beneficiosa para las personas.

Penguin
Random House
Grupo Editorial

ROALD DAHL

AGU TROT

Ilustraciones de Quentin Blake

Traducción de Miguel Sáenz

ALFAGUARA

Las obras de Roald Dahl no solo ofrecen grandes historias…

¿Sabías que un 10% de los derechos de autor* de este libro se destina a financiar la labor de las organizaciones benéficas de Roald Dahl?

 Roald Dahl es muy conocido por sus historias y poemas, sin embargo hoy día no es tan conocido por su labor en apoyo de los niños enfermos. Actualmente, la fundación Roald Dahl´s Marvellous Children´s Charity presta su ayuda a niños con trastornos médicos severos y en situación de extrema pobreza. Esta organización benéfica considera que la vida de todo niño puede ser maravillosa sin entrar a valorar lo enfermo que esté o su esperanza de vida.

Averigua más sobre nosotros en www.roalddahl.com

En el Roald Dahl Museum and Story Centre en Great Missenden, Buckinghamshire (la localidad en la que vivió el autor), puedes conocer muchas más cosas sobre la vida Roald Dahl y de cómo su biografía se entremezcla en sus historias. Este museo es una organización benéfica cuya intención es fomentar el amor por la lectura, la escritura y la creatividad. Asimismo, dispone de tres divertidas galerías con muchas actividades para hacer y un montón de datos curiosos para descubrir (incluyendo la cabaña en la que Roald Dahl se retiraba a escribir). El museo está abierto al público general y a grupos escolares (de 6 a 12 años) durante todo el año.

Roald Dahl's Marvellous Children's Charity (RDMCC) es una organización benéfica registrada con el número 1137409.

Roald Dahl Museum and Story Centre (RDMSC) es una organización benéfica registrada con el número 1085853.

Roald Dahl Charitable Trust, organización benéfica recientemente establecida, apoya la labor de RDMCC y RDMSC.

* Los derechos de autor donados son netos de comisiones

Nota del autor

Hace algunos años, cuando mis hijos eran pequeños, solíamos tener una o dos tortugas en el jardín. En aquellos tiempos era corriente ver alguna tortuga doméstica arrastrándose por el césped de la casa o en el patio de atrás. Se podían comprar muy baratas en cualquier tienda de animales y eran, probablemente, los menos molestos de todos los animales favoritos de los niños, y completamente inofensivas.

Las tortugas solían llegar a Inglaterra a millares, embaladas en cajas, y procedían casi siempre del norte de África. Pero no hace muchos años se promulgó una ley que declaró ilegal traer tortugas al país. Eso no se hizo para protegernos. Las tortuguitas no representaban un peligro para nadie. Se hizo simplemente por consideración hacia las propias tortugas. Lo que pasaba era que los comerciantes que las traían solían meterlas a la fuerza, a centenares, en las cajas de embalaje, sin comida ni bebida y en condiciones tan horribles que muchísimas de ellas se morían durante el viaje por mar. De modo que para impedir que aquella crueldad continuara, el Gobierno prohibió todo el negocio.

Lo que vais a leer en este cuento ocurrió en los tiempos en que cualquiera podía ir y comprar una tortuguita preciosa en una tienda de animales.

El señor Hoppy vivía en un pisito en lo alto de un elevado edificio de cemento. Vivía solo. Siempre había sido un hombre solitario, y ahora que estaba jubilado se encontraba más solo que nunca.

En la vida del señor Hoppy había dos amores. Uno eran las flores que cultivaba en su balcón. Crecían en macetas, cajas y cestos, y el balconcito se convertía en verano en un derroche de colores.

El segundo amor del señor Hoppy era un secreto que sólo él sabía.

9

El balcón que había inmediatamente debajo del balcón del señor Hoppy sobresalía del edificio bastante más que el suyo, de forma que podía ver siempre muy bien lo que pasaba allí abajo. Aquel balcón pertenecía a una atractiva señora de mediana edad llamada señora Silver. Era viuda y también vivía sola. Y, aunque ella no lo sabía, era objeto del secreto amor del señor Hoppy. Éste llevaba muchos años amándola desde su balcón, pero era un hombre muy tímido y nunca se había atrevido a hacerle la menor insinuación de su amor.

Todas las mañanas, el señor Hoppy y la señora Silver sostenían una educada conversación, él mirando hacia abajo desde arriba y ella mirando hacia arriba desde abajo, pero eso era lo único que pasaba. Es posible que la distancia entre sus balcones no fuera más que de unos metros, pero al señor Hoppy le parecía de millones de kilómetros. Tenía muchas ganas de invitar a la señora Silver a tomar un té con galletas, pero le faltaba valor.

Como ya he dicho, era un hombre muy tímido.

«Ay, si por lo menos —solía decirse—, si por lo menos pudiera hacer algo estupendo, como salvarle la vida o rescatarla de una pandilla de maleantes armados... Si por lo menos pudiera realizar alguna hazaña que me convirtiera en un héroe a sus ojos. Si por lo menos...».

Lo malo de la señora Silver era que daba todo su amor a otro, y ese otro era una tortuguita llamada *Alfie*. Todos los días, cuando el señor Hoppy se asomaba al balcón y la veía susurrando a *Alfie* palabras cariñosas y acariciándole el caparazón, se sentía absurdamente celoso. Ni siquiera le hubiese importado convertirse en tortuga si ello hubiera hecho que la señora Silver le acariciase el caparazón todas las mañanas, susurrándole palabras cariñosas.

Alfie llevaba años con la señora Silver y vivía en su balcón verano e invierno. Había tablas en los lados del balcón para que *Alfie* pudiera andar por allí sin caerse por el borde, y en una esquina había una casita en la que podía meterse todas las noches para estar calentita.

Cuando en noviembre llegaba el tiempo más frío, la señora Silver llenaba la casa de *Alfie* de heno seco, y la tortuga se metía dentro y se enterraba profundamente en el heno para dormir durante meses de un tirón, sin comida ni bebida. Eso se llama hibernar.

A principios de la primavera, cuando *Alfie* sentía a través de su caparazón que el tiempo era más cálido, se despertaba e iba muy despacio de su casa al balcón. Y la señora Silver palmoteaba de júbilo, gritando: «¡Bienvenida, cariño! ¡Cuánto te he echado de menos!».

En momentos como ése el señor Hoppy deseaba más que nunca poder cambiarse por *Alfie* y convertirse en tortuga.

Y ahora llegamos
a una hermosa mañana de
mayo en que ocurrió algo que
cambió y llenó realmente de excitación la
vida del señor Hoppy. Sucedió cuando estaba inclinado sobre la barandilla del balcón vien-
do a la señora Silver dar de desayunar a *Alfie*.

—Toma este cogollito de lechuga, amor —decía
ella—. Y esta rodajita de tomate fresco y esta ramita
de apio tierno.

—Buenos días, señora Silver —dijo el señor Hoppy—. *Alfie*
tiene muy buen aspecto esta mañana.

—¡A que es preciosa! —dijo ella, contemplándola con
expresión radiante.

—Preciosísima —dijo el señor Hoppy sin convicción.
Y luego, mientras observaba el rostro sonriente de la señora Silver mirándolo a él, pensó por milésima vez en lo
guapa que ella era, lo encantadora y bondadosa y ama-
ble, y el corazón le dolió de tanto amor.

—Me gustaría tanto que creciera un poco más deprisa —decía la señora Silver—. Todas las primaveras, cuando se despierta de su sueño invernal, la peso en la báscula de la cocina. ¡Y desde que la tengo, hace ya once años, no ha ganado más que cien gramos! ¡No es casi nada!

—¿Cuánto pesa ahora? —preguntó el señor Hoppy.

—Sólo cuatrocientos —respondió ella—. Casi como un pomelo.

—Bueno, las tortugas crecen muy despacio —dijo el señor Hoppy solemnemente—. Pero viven cien años.

—Lo sé —dijo la señora Silver—. Pero me gustaría tanto que se hiciera un poquito mayor… Es tan chiquitaja…

—A mí me parece muy bien tal como es —dijo el señor Hoppy.

—¡Qué va!, ¡nada de muy bien! —exclamó la señora Silver—. ¡Imagínese cómo debe de sentirse siendo tan poquita cosa! Todo el mundo quiere crecer.

—Le gustaría realmente que se hiciera mayor, ¿no? —dijo él, y mientras lo decía, su cerebro hizo de pronto «clic» y una idea se precipitó en su cabeza.

—¡Claro que me gustaría! —exclamó la señora Silver—. ¡Daría cualquier cosa por que creciera! ¡Pero si he visto fotos de tortugas gigantes tan enormes que la gente se puede subir encima! ¡Si *Alfie* las viera se moriría de envidia!

El cerebro del señor Hoppy daba vueltas como una peonza. ¡Allí tenía, sin lugar a dudas, su gran oportunidad! «Aprovéchala —se dijo—. ¡Aprovéchala corriendo!».

—Señora Silver —dijo—. La verdad es que sé cómo hacer que las tortugas crezcan más deprisa, si eso es lo que realmente quiere.

—¿De veras? —exclamó ella—. ¡Dígamelo, por favor!
¿A lo mejor es que no le doy de comer las cosas que le
convienen?

—Hace tiempo trabajé en el norte de África —contó él—.
De allí es de donde vienen todas las tortugas de Inglaterra,
y un beduino de una tribu me reveló su secreto.

—¡Dígamelo! —exclamó la señora Silver—. ¡Se lo ruego,
señor Hoppy! Seré siempre su esclava.

Al oír las palabras «seré siempre su esclava», el señor
Hoppy sintió un escalofrío de excitación.

—Espere —dijo—. Voy a entrar para escribirle algo.

Al cabo de unos minutos, el señor Hoppy estaba de
vuelta en el balcón con un papel en la mano.

—Se lo bajaré con una cuerda —dijo— para que no se vue-
le. Ahí va.

La señora Silver cogió el papel y lo sostuvo ante sus ojos. Lo que leyó fue esto:

AGU TROT, AGU TROT,
¡ETZAH ROYAM, ROYAM!
¡ECERC, ETAHCNIH, EBUS!
¡ETATNAVEL! ¡ETALFNI! ¡EDNEICSA!
¡ELLUGNE! ¡APMAZ! ¡ETARROF! ¡AGART!
¡ADROGNE, AGU TROT, ADROGNE!
¡ETALLORRASED, ETALLORRASED!
¡EMOC NU NOTNOM!

—¿Qué significa esto? —preguntó ella—. ¿Es otro lenguaje?
—Es lenguaje de tortuga —dijo el señor Hoppy—. Las tortugas son animales muy enrevesados. Por eso sólo entienden las palabras escritas al revés. Es lógico, ¿no?
—Supongo que sí —dijo la señora Silver, perpleja.

—Agu Trot no es más que tortuga al revés –dijo el señor Hoppy–. Mire.

—Es verdad –dijo ella.

—También las demás palabras están escritas al revés –dijo el señor Hoppy–. Si se les da la vuelta para ponerlas en lenguaje humano, no dicen más que:

TORTUGA, TORTUGA,
¡HAZTE MAYOR, MAYOR!
¡CRECE, HÍNCHATE, SUBE!
¡LEVÁNTATE! ¡ÍNFLATE! ¡ASCIENDE!
¡ENGULLE! ¡ZAMPA! ¡FÓRRATE! ¡TRAGA!
¡ENGORDA, TORTUGA, ENGORDA!
¡DESARRÓLLATE, DESARRÓLLATE!
¡COME UN MONTÓN!

La señora Silver examinó más atentamente las palabras del papel.

—Creo que tiene razón —dijo—. Qué inteligente. Pero hay muchas palabras que comienzan por «eta». ¿Quieren decir algo?

—«Eta» es una palabra muy fuerte en cualquier idioma —dijo el señor Hoppy—, especialmente en el de las tortugas. Lo que tiene que hacer, señora Silver, es ponerse a *Alfie* ante los ojos y susurrarle esas palabras tres veces al día: por la mañana, al mediodía y por la noche. Vamos a ver cómo lo hace.

Muy despacio y tropezando un poco en aquellas palabras tan raras, la señora Silver leyó en voz alta todo el texto escrito en lenguaje de tortuga.

—No está mal —dijo el señor Hoppy—. Pero trate de darle algo más de expresión cuando se lo diga a *Alfie*. Si lo hace como es debido, le apuesto lo que quiera a que, dentro de unos meses, será el doble de grande que ahora.

—Lo intentaré —dijo la señora Silver—. Intentaré lo que sea. Claro que sí. Pero no puedo creer que vaya a dar resultado.

—Ya verá —dijo el señor Hoppy, sonriéndole.

Otra vez en su piso, el señor Hoppy sencillamente temblaba de emoción. No hacía más que repetirse: «Seré siempre su esclava». ¡Qué maravilla!

Pero había que hacer aún muchas cosas para que eso sucediera.

Los únicos muebles que había en su saloncito eran una mesa y dos sillas. Trasladó las sillas al dormitorio. Luego salió, compró una gran lona y la extendió por el suelo del salón para proteger la moqueta.

Después cogió la guía de teléfonos y anotó la dirección de todas las tiendas de animales de la ciudad. Había catorce en total.

Necesitó dos días para visitarlas todas y elegir sus tortugas. Quería muchas, por lo menos cien, tal vez más. Y tenía que elegirlas con mucho cuidado.

Para vosotros y para mí no hay gran diferencia entre una tortuga y otra. Sólo se distinguen por el tamaño y el color del caparazón. *Alfie* tenía un caparazón que tiraba a oscuro, por lo que el señor Hoppy sólo eligió para su gran colección tortugas de caparazón oscuro.

El tamaño, desde luego, era lo más importante. El señor Hoppy eligió tortugas de todos los tamaños, algunas que pesaban sólo algo más que los cuatrocientos gramos de *Alfie,* otras que pesaban mucho más, pero ninguna que pesara menos.

–Deles hojas de berza –le decían los dueños de las tiendas–. No necesitan otra cosa. Y un cacharro con agua.

Cuando terminó, el señor Hoppy, arrastrado por su entusiasmo, había comprado nada menos que ciento cuarenta tortugas, y se las llevó a casa en cestos, de diez en diez

y de quince en quince. Tuvo que hacer muchos viajes y al terminar estaba totalmente agotado, pero había valido la pena. ¡Vaya si había valido la pena! ¡Y qué aspecto tan sorprendente tenía su salón cuando estuvieron todas reunidas! El suelo hervía de tortugas de distintos tamaños, unas caminando lentamente y explorando, otras mordisqueando

hojas de col, otras bebiendo agua de un gran plato llano.
Hacían un suavísimo ruido crujiente al moverse por la lona, pero nada más. El señor Hoppy tenía que abrirse cami-
no de puntillas cuidadosamente por aquel mar ondulante de
caparazones pardos cuando atravesaba la habitación. Pero
ya basta. Tenía que continuar su trabajo.

Antes de jubilarse, el señor Hoppy había sido mecánico. Ahora volvió a su antiguo lugar de trabajo y preguntó a sus compañeros si podía utilizar su viejo banco de herramientas una o dos horas.

Lo que tenía que hacer era fabricar algo que pudiera llegar desde su balcón al de la señora Silver y coger una tortuga. No era difícil para un mecánico como él.

Primero hizo dos dedos de metal y los sujetó al extremo de un largo tubo. Metió dos alambres rígidos por su

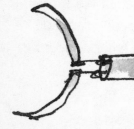

interior y los conectó a los dedos, de forma que cuando tiraba de los alambres, se cerraban, y cuando los empujaba, se abrían. Luego unió los alambres a un mango, al otro extremo del tubo. Fue muy sencillo.

El señor Hoppy estaba preparado para empezar.

La señora Silver no trabajaba todo el día. Lo hacía los días laborables de doce a cinco de la tarde en una tienda de periódicos y caramelos. Eso facilitaba mucho las cosas al señor Hoppy.

De modo que aquella primera tarde excitante, después de comprobar que ella se había ido a trabajar, el señor Hoppy salió al balcón armado con su largo tubo de metal. Lo llamaba su cazatortugas. Se inclinó sobre la barandilla y bajó el tubo hasta el balcón de la señora Silver. A un lado, *Alfie* tomaba el pálido sol.

—Hola, *Alfie* —dijo el señor Hoppy—. Vas a dar un paseíto.

Movió el cazatortugas hasta que estuvo encima de *Alfie*. Empujó la palanca para que las pinzas se abrieran del todo. Luego dejó caer limpiamente las pinzas sobre el caparazón de *Alfie* y tiró de la palanca. Las pinzas se cerraron fuertemente sobre el caparazón, como los dedos de una mano. El señor Hoppy izó a *Alfie* hasta su balcón. Fue fácil.

Pesó a *Alfie* en la báscula de su cocina para comprobar que los cuatrocientos gramos que había dicho la señora Silver eran exactos. Lo eran.

Luego, agarrando a *Alfie*, se abrió paso cuidadosamente por su enorme colección de tortugas hasta encontrar una que, en primer

lugar, tuviera el caparazón del mismo color que *Alfie*, y, en segundo, pesara exactamente cincuenta gramos más.

Cincuenta gramos no es mucho. Es menos de lo que pesa un huevo de gallina más bien pequeño. Pero ya sabéis, lo importante de su plan era cerciorarse de que la nueva tortuga era mayor que *Alfie*, pero sólo un poquitín mayor. La diferencia tenía que ser tan pequeña que la señora Silver no la notara.

Con aquella enorme colección, al señor Hoppy no le resultó difícil encontrar justamente la tortuga que quería. Quería una que pesara exactamente cuatrocientos cincuenta gramos en la báscula de su cocina, ni más ni menos. Cuando la encontró, la puso en la mesa al lado de *Alfie* e incluso a él le

resultó difícil ver que una era más grande que la otra. Pero lo era. Cincuenta gramos más grande. Era la Tortuga n.º 2.

El señor Hoppy sacó la Tortuga n.º 2 al balcón y la sujetó con las pinzas de su cazatortugas. Luego la bajó al balcón de la señora Silver, dejándola al lado de una preciosa hoja de lechuga fresca.

La Tortuga n.º 2 nunca antes había comido hojas de lechuga jugosas y tiernas. Sólo hojas de berza rancias y gruesas. Le encantó la lechuga y empezó a darle bocados con entusiasmo.

Siguieron dos horas de bastante nerviosismo mientras esperaba a que la señora Silver volviera del trabajo.

¿Notaría alguna diferencia entre la nueva tortuga y *Alfie*? Iba a ser un momento de tensión.

La señora Silver se dirigió rápidamente al balcón y al verla exclamó:

—¡*Alfie*, cariño! ¡Ya ha vuelto mamita! ¿Me has echado de menos?

El señor Hoppy, mirando por encima de la barandilla, pero bien escondido detrás de dos enormes macetas de plantas, contuvo el aliento.

La nueva tortuga seguía dándole bocados a la lechuga.

—Vaya, *Alfie,* hoy pareces muy hambrienta —decía la señora Silver—. Deben de ser las palabras mágicas del señor Hoppy que te he estado susurrando.

El señor Hoppy la vio levantar la tortuga y acariciarle el caparazón. Luego ella se sacó del bolsillo la hoja del señor Hoppy y, sosteniendo a la tortuga muy cerca de sus ojos, le susurró:

AGU TROT, AGU TROT,
¡ETZAH ROYAM, ROYAM!
¡ECERC, ETAHCNIH, EBUS!
¡ETATNAVEL! ¡ETALFNI! ¡EDNEICSA!
¡ELLUGNE! ¡APMAZ! ¡ETARROF! ¡AGART!
¡ADROGNE, AGU TROT, ADROGNE!
¡ETALLORRASED, ETALLORRASED!
¡EMOC NU NOTNOM!

El señor Hoppy asomó la cabeza entre el follaje y gritó:

—Buenas tardes, señora Silver. ¿Cómo está *Alfie?*

—Oh, muy bien —dijo ella, levantando la vista radiante—. ¡Y se le está abriendo tanto el apetito! ¡Nunca la había visto comer así! Deben de ser las palabras mágicas.

—Nunca se sabe —dijo el señor Hoppy misterioso—. Nunca se sabe.

El señor Hoppy esperó siete días enteros antes de actuar otra vez.

En la tarde del séptimo día, cuando la señora Silver estaba trabajando, el señor Hoppy izó la Tortuga n.º 2 del balcón de abajo y la metió en su salón. La n.º 2 pesaba exactamente cuatrocientos cincuenta gramos. El señor Hoppy tenía que encontrar ahora otra que pesara exactamente quinientos gramos: cincuenta más.

En su enorme colección encontró fácilmente una tortuga de quinientos gramos y otra vez se cercioró de que el color de los caparazones era el mismo. Luego bajó la Tortuga n.º 3 al balcón de la señora Silver.

Como habréis adivinado ya, el secreto del señor Hoppy era muy sencillo. Si un animal crece suficientemente despacio —quiero decir realmente muy despacio— no se nota que haya crecido nada, sobre todo si uno lo ve todos los días.

Lo mismo ocurre con los niños. La verdad es que crecen todas las semanas, pero sus madres no lo notan hasta que la ropa se les queda pequeña.

—Despacio, funciona —dijo el señor Hoppy—. No hay que apresurarse.

Las cosas ocurrieron así en las siete semanas siguientes.

Al principio

ALFIE: 400 gramos

Al terminar la primera semana

TORTUGA N.º 2: 450 gramos

Al terminar la segunda semana

TORTUGA N.º 3: 500 gramos

Al terminar la tercera semana

TORTUGA N.° 4: 550 gramos

Al terminar la cuarta semana

TORTUGA N.° 5: 600 gramos

Al terminar la quinta semana

TORTUGA N.° 6: 650 gramos

Al terminar la sexta semana

TORTUGA N.º 7: 700 gramos

Al terminar la séptima semana

TORTUGA N.º 8: 750 gramos

Alfie pesaba cuatrocientos gramos. La Tortuga n.º 8, setecientos cincuenta. Muy despacio, a lo largo de siete semanas, el tamaño del animalito de la señora Silver casi se había duplicado sin que la buena señora hubiera notado nada.

Hasta al señor Hoppy, que miraba por encima de su barandilla, la Tortuga n.º 8 le parecía muy grande. Era sorprendente que la señora Silver apenas se hubiera dado cuenta de aquella gran operación. Sólo una vez había levantado la vista y había dicho:

—¿Sabe, señor Hoppy?, creo que está creciendo un poquito. ¿Qué le parece?

—Yo no veo mucha diferencia —había respondido él sin darle importancia.

Pero tal vez había llegado el momento de hacer una pausa, y aquella tarde el señor Hoppy estaba a punto de salir y sugerir a la señora Silver que pesara a *Alfie* cuando un grito de sobresalto que venía del balcón de abajo lo hizo salir.

—¡Mire! —gritaba la señora Silver—. ¡*Alfie* es demasiado grande para entrar por la puerta de su casita! ¡Debe de haber crecido muchísimo!

—Pésela —dijo terminantemente el señor Hoppy—. Llévela dentro y pésela enseguida.

La señora Silver lo hizo y, medio minuto más tarde, estaba de vuelta sosteniendo la tortuga con las dos manos, balanceándola sobre su cabeza y gritando:

—¿Sabe una cosa, señor Hoppy? ¿Sabe una cosa? ¡Pesa setecientos cincuenta gramos! ¡Es dos veces mayor de lo que era! ¡Ay, cariño! —exclamó, acariciando a la tortuga—. ¡Qué chicarrona más enorme! ¡Fíjate en lo que ha hecho contigo el señor Hoppy!

El señor Hoppy se sintió de pronto muy valiente.

—Señora Silver —dijo—, ¿le importaría que bajara un momento a su balcón para tener un ratito a *Alfie?*

—¡Claro que no! —exclamó ella—. Baje ahora mismo.

El señor Hoppy bajó las escaleras corriendo y la señora Silver le abrió la puerta. Juntos salieron al balcón.

—¡Mírela! —le dijo orgullosa—. ¿No es espléndida?

—Ahora es una tortuga de muy buen tamaño —dijo el señor Hoppy.

—¡Y ha sido usted quien lo ha hecho! —exclamó la mujer—. ¡Es usted realmente prodigioso! Pero ¿qué voy a hacer con su casita? Tiene que tener una casa donde pasar la noche, y ahora no cabe por la puerta.

Los dos estaban en el balcón mirando a la tortuga, que trataba de entrar en su casa haciendo fuerza. Pero era una tortuga demasiado grande.

—Tendré que ensanchar la puerta —dijo la señora Silver.

—No lo haga —dijo el señor Hoppy—. No destroce esa casa tan bonita. Después de todo, *Alfie* sólo necesita ser un poquitín más pequeña para poder entrar sin dificultad.

—¿Y cómo se va a volver más pequeña? —preguntó la señora Silver.

—Eso es fácil —dijo el señor Hoppy—. Cambie las palabras mágicas. En lugar de decirle que se haga mayor y mayor, dígale que se haga un poco menor. Pero en lenguaje de tortuga, claro.

—¿Y funcionará?

—Claro que funcionará.

—Dígame exactamente lo que tengo que decir, señor Hoppy.

El señor Hoppy sacó un pedazo de papel y un lápiz y escribió:

AGU TROT, AGU TROT,
ETZAH SAM ATIÑEUQEP, SAM ATIÑEUQEP.

—Eso bastará —dijo, dándole el papel.

—No me importa intentarlo —contestó ella—. Pero una cosa: no quiero que se vuelva otra vez tan chiquitaja.

—No se volverá, señora, no se volverá —dijo el señor Hoppy—. Dígaselo sólo esta noche y mañana por la mañana, y a ver qué pasa. Tal vez haya suerte.

—Si funciona —contestó ella, tocándole suavemente el brazo—, es que es usted el hombre más inteligente del mundo.

A la mañana siguiente, tan pronto como la señora Silver se fue a trabajar, el señor Hoppy izó la tortuga del balcón de ella y la metió en su piso. Todo lo que tenía que hacer era encontrar otra que fuera un pelín más pequeña, de forma que pasara apenas por la puerta de la casita.

Eligió una y la bajó con su cazatortugas. Luego, sin sol-
tarla, probó si pasaba por la puertecita. No pasaba.

Eligió otra. La probó igualmente. Pasaba muy bien.
Estupendo. Depositó la tortuga en el centro del balcón,
al lado de una hermosa hoja de lechuga, y entró en su piso para esperar la vuelta de la señora Silver.

Aquella tarde, el señor Hoppy estaba regando sus plantas del balcón cuando de repente oyó los agudos gritos de
excitación de la señora Silver.

—¡Señor Hoppy! ¡Señor Hoppy! ¿Dónde está? —gritaba—.
¡Mire!

El señor Hoppy asomó la cabeza por la barandilla
y dijo:

—¿Qué pasa?

—¡Ay, señor Hoppy, ha funcionado! —gritaba—. ¡Sus palabras mágicas han cambiado otra vez a *Alfie*! ¡Ahora puede pasar por la puerta de su casita! ¡Es un milagro!

—¿Le importa que baje a echar un vistazo? —gritó a su vez el señor Hoppy.

—¡Baje enseguida, hombre! —respondió ella—. ¡Baje enseguida y vea el milagro que ha hecho con mi querida *Alfie*!

El señor Hoppy se dio la vuelta y entró corriendo desde el balcón en su salón, saltando de puntillas como un bailarín por el mar de tortugas que cubría el suelo. Abrió de golpe la puerta y bajó los escalones de dos en dos, mientras en sus oídos resonaban las canciones de amor de un millar de cupidos.

«¡Ahora! —se decía a sí mismo
en voz baja—. Ahora llega el momento
más importante de mi vida. ¡No debo desaprovecharlo! ¡No debo desaprovecharlo!
¡Tengo que estar muy tranquilo!». Cuando
había bajado las tres cuartas partes de los escalones vio a
la señora Silver que estaba ya con la puerta abierta espe-
rándolo con una ancha sonrisa en la cara. Ella le echó los
brazos al cuello y exclamó:

—¡Es usted realmente el hombre más maravilloso que
he conocido! ¡Sabe hacerlo todo! Entre y deje que le pre-
pare una taza de té. ¡Es lo menos que se merece!

Sentado en un cómodo sillón de la salita de la señora Silver, tomándose su té, el señor Hoppy estaba nervio-
sísimo. Miró a la encantadora señora que se sentaba ante
él y le sonrió. Ella le devolvió la sonrisa.

Aquella sonrisa de ella, tan cálida y amistosa, le dio de
pronto el coraje que necesitaba, y dijo:

—Señora Silver, ¿querría casarse conmigo?

—¡Señor Hoppy! —exclamó ella—. ¡Creí que no me lo
pediría nunca! ¡Claro que quiero casarme con usted!

Él dejó su taza de té y los dos se pusieron de pie y se
abrazaron tiernamente en el centro de la habitación.

—Todo se lo debemos a *Alfie* —dijo la señora Silver, ligeramente sin aliento.

—A la buena de *Alfie* —puntualizó él—. Vivirá siempre con nosotros.

Al día siguiente, el señor Hoppy regaló todas sus tortugas a las tiendas de animales. Luego limpió su salón, sin dejar ni una hoja de berza ni un rastro de tortuga.

Unas semanas más tarde, la señora Silver se convirtió en señora de Hoppy, y los dos vivieron felices por siempre jamás.

P. D.: Me imagino que os estaréis preguntando qué pasó con la pequeña *Alfie,* la primera tortuga de todas. Bueno, una semana más tarde la compró en una de las tiendas una niña llamada Roberta, y se quedó a vivir en el jardín de su casa. Todos los días, ella le daba lechuga, rodajas de tomate y apio tierno, y en los inviernos, *Alfie* hibernaba en una caja llena de hojas secas en el cobertizo de las herramientas.

Eso fue hace muchos años. Roberta ha crecido, y ahora está casada y tiene dos niños. Vive en otra casa, pero *Alfie* sigue estando con ella, sigue siendo el animal favorito y mimado de la familia, y Roberta calcula que debe de tener ya unos treinta años. A *Alfie* le ha costado todo ese tiempo hacerse dos veces mayor que cuando la tenía la señora Silver. Pero al fin lo ha conseguido.

ROALD DAHL nació en 1916 en un pueblecito de Gales (Gran Bretaña) llamado Llandaff en el seno de una familia acomodada de origen noruego. A los cuatro años pierde a su padre y a los siete entra por primera vez en contacto con el rígido sistema educativo británico que deja reflejado en algunos de sus libros, por ejemplo, en *Matilda* y en *Boy*.

Terminado el Bachillerato y en contra de las recomendaciones de su madre para que cursara estudios universitarios, empieza a trabajar en la compañía multinacional petrolífera Shell, en África. En este continente le sorprende la Segunda Guerra Mundial. Después de un entrenamiento de ocho meses, se convierte en piloto de aviación en la Royal Air Force; fue derribado en combate y tuvo que pasar seis meses hospitalizado. Después fue destinado a Londres y en Washington empezó a escribir sus aventuras de guerra.

Su entrada en el mundo de la literatura infantil estuvo motivada por los cuentos que narraba a sus cuatro hijos. En 1964 publica su primera obra, *Charlie y la fábrica de chocolate*. Escribió también guiones para películas; concibió a famosos personajes como los Gremlins, y algunas de sus obras han sido llevadas al cine.

Roald Dahl murió en Oxford, a los 74 años de edad.

LA JIRAFA, EL PELÍCANO Y EL MONO

La Jirafa, el Pelícano y el Mono son los mejores Limpiaventanas Desescalerados del mundo y están deseando vivir contigo las más disparatadas aventuras.

BOY. RELATOS DE INFANCIA

Boy es el relato de su infancia. Momentos familiares maravillosos se mezclan con otros más tristes, y aventuras llenas de peligro siguen a otras desternillantes.

¡QUÉ ASCO DE BICHOS! EL COCODRILO ENORME

¡Qué asco de bichos! Nueve divertidísimas historias en verso en las que los animales se enfrentan a las personas para sobrevivir. El Cocodrilo Enorme siembra el terror en la selva y para ello recurre a todo tipo de trucos y disfraces. Pero los demás animales tratarán de impedírselo.

LOS CRETINOS

Los señores Cretinos son dos odiosos personajes que tienen prisionera a la simpática familia de monos a la que no dejan vivir en paz. Con la llegada del Pájaro Gordinflón todo puede cambiar…

LAS BRUJAS

Las Brujas están celebrando su Congreso Anual y han decidido aniquilar a todos los niños. ¿Conseguirán vencerlas el protagonista de nuestra historia y su abuela?

LA MARAVILLOSA MEDICINA DE JORGE

Jorge está empeñado en cambiar a su desagradable abuela y ha inventado una maravillosa medicina para hacerlo pero nada resulta como él esperaba.

MATILDA

Todo el mundo admira a Matilda menos sus mediocres padres, que la consideran una inútil. Tiene poderes maravillosos y extraños que la ayudarán a enfrentarse a ellos…

DANNY EL CAMPEÓN DEL MUNDO

Danny se siente orgulloso de su padre. Está convencido de que es el mejor del mundo, hasta que una noche descubre su gran secreto. A pesar de todo, Danny está decidido a ayudar a su padre hasta las últimas consecuencias y a mantener la hermosa relación y complicidad que les une.

¡JAMES Y EL MELOCOTÓN GIGANTE

James vive con sus dos tías que le hacen la vida imposible. Pero un día, montando en un melocotón gigante, James inicia un increíble viaje por todo el mundo.